JE DÉTESTE L'ÉCOLE!

Collection CHATONS

Marc Scott

JE DÉTESTE L'ÉCOLE!

Illustrations de Caroline Lamarche

2e édition revue, corrigée et augmentée

Le Chardon Bleu

Données de catalogage avant publication (Canada)

Scott, Marc, 1952-
    Je déteste l'école! / Marc Scott ; Caroline Lamarche, illustratrice.
    (Collection Chatons)
    Pour enfants de 7 ans et plus.
    Comprend des réf. bibliogr.
    ISBN 978-1-896185-11-8

I. Lamarche, Caroline, 1983- II. Titre. III. Collection.

PS8587.C629J42 2006   JC843'.54
C2005-906745-4

Cet ouvrage est le douzième titre des éditions du Chardon Bleu et le deuxième de la collection CHATONS (7 ans et plus).

Dessin de la couverture et illustrations : Caroline Lamarche
Mise en page et éditique : 3LHUUH $UYLVDLV

DIFFUSION

Les Éditions du Chardon Bleu
C.P. 14 - Plantagenet (Ontario) K0B 1L0
Courriel : edchardonbleu@yahoo.ca
Internet : www.chardonbleu.ca

ISBN 978-1-896185-11-8
© LES ÉDITIONS DU CHARDON BLEU, JANVIER 2012
Dépôt légal, Bibliothèque nationale du Canada
et Bibliothèque nationale du Québec

1
Je déteste l'école

Vendredi 15 h 35, la silhouette rondouillarde* de monpère se dessine derrière les portes «armurées»* de ma petite écoledu

village d'Alfred. Depuis que je fréquente l'école St-Victor, depuis bientôt cinq années, si je compte la maternelle et le jardin, mon papa est là, les lundis et vendredis, printemps, automne et hiver, et il m'attend, patient et jovial, ponctuel et souriant. Rien ne semble le préoccuper, sinon l'humeur de sa petite fille.

Papa, c'est le baume* sur mes bobos, le diachylon sur mes éraflures, le mouchoir qui sait sécher mes pleurs. C'est pourquoi j'accroche mon plus beau sourire dès que je distingue ses traits à ma sortie de classe. Enfin, d'habitude!

Je dis «d'habitude» parce qu'aujourd'hui, en ce vendredi de septembre, je n'ai pas du tout le goût de sourire, mais pas du tout! J'ai plutôt envie de pleurer et de sangloter.

Ce que je fais dès que j'aperçois Lalou, mon papa. Je regarde le sol pour lui cacher ma peine, mais il la sent déjà avant même que j'ouvre la lourde porte de fer, bousculée par les autres mioches qui s'arrachent la fin de semaine comme si c'était la dernière boule de crème glacée sur Terre.

Il m'accueille avec un : «Qu'y a-t-il, ma Sandrine? Tu pleures?», en me serrant fort dans ses bras douillets et chauds, comme une couverture sortie directement de la sécheuse. Il me fait ses bisous sur les deux joues, mes joues rouges et trempées.

Je n'ai même pas la force de résister et, à travers mes sanglots gros comme des hoquets de racinette Barq, je lui lance :

-Je ne veux plus aller à l'école! Je

déteste l'école!   Je n'irai plus jamais à l'école!

Abasourdi, mon père reste figé quelques instants, puis il hasarde :

-Ma petite choupette!   Viens, viens, rentrons à la maison.   Ton frère nous attend déjà dans l'auto... Tu m'expliqueras tout ça tout à l'heure.

Il prend mon sac, le lance sur son épaule et il me tend la main pour que j'y glisse ma menotte frêle et tremblante. Lorsque nous montons dans l'auto, mon grand frère sent déjà la tension et il garde le silence, contrairement à son habitude. Je crois qu'il ressent ma peine et n'ose pas me taquiner comme il le fait normalement.

Pourtant, ses blagues et ses grimaces ont toujours l'heur* de me faire rire. Et j'en ai tellement besoin en ce moment.

Il faut dire que le regard de Lalou, empreint de tristesse et de compassion, n'égaie pas du tout mon grand frère et le réduit au silence. D'autant qu'Alexandre a bien compris, à voir mes yeux rougis et bouffis, que j'ai pleuré.

Sans doute songe-t-il qu'il s'agit de l'un des nombreux épisodes sans lendemains de sa soeur pleurnicharde.

Cette fois-ci, il a tort, parce qu'il ne connaît rien au drame que je vis depuis déjà quelques heures.

La voiture, nerveuse elle aussi,

démarre en trombe et vole jusqu'à la maison.

2
Papa

Mon papa est un éternel romantique. Non pas de ceux qui croient qu'un repas à la chandelle ou une douzaine de  roses rouges créent un climat idéal pour la naissance d'une relation amoureuse. Non, non, mon papa est un romantique comme le dandy* Baudelaire* ou le poète Vigny*; un mélancolique qui cache son mal de vivre dans sa voix tonitruante de baryton et dans son rire en cascades, comme le hennissement d'un étalon fatigué.

Il est né au siècle dernier, l'année où Elisabeth II reçoit la couronne d'Angleterre et des autres pays du Commonwealth. Il porte en lui l'esprit d'un patriote de 1837 qui revendique le droit de chiâler, de s'opposer aux injustices de la société et aux autorités incompétentes... C'est mon Don Quichotte à moi, toujours prêt à abattre les moulins à vent qui s'en prennent aux enfants et aux démunis.

Et c'est lui qui m'a prénommée Sandrine, du prénom de sa comédienne favorite, celle dont il a vu et revu toute la filmographie*, s'émerveillant chaque fois devant ses prestations : la très belle et très talentueuse Sandrine Bonnaire.

Oui, mon papa chéri, mon Lalou à moi, a conservé cette capacité de s'émerveiller comme un enfant devant une vitrine remplie de jouets. Il semble toujours happé de bonheur devant les réalisations artistiques de l'être humain. Et l'une de ces merveilles, c'est moi, sa Sandrine adorée.

Oui, je sais, cela peut vous sembler un peu tête enflée comme commentaire; il n'en est rien! Je ne fais que répéter ce qu'il me dit et me chante avec une conviction profonde à toutes les fois qu'il me voit. Je suis sa petite princesse, sa choupette préférée, même si ma chambre à coucher

ressemble à un champ de bataille dévasté par la cinquième guerre mondiale. Oh la la! Ma chambre! Pire qu'un terrain rempli de chiendent, de chardons et de ronces, selon lui. Il n'ose même pas s'y aventurer, ment-il…

3
Mon désarroi

J'ai toujours aimé l'école. Depuis que je suis toute jeune, je joue à l'école : c'est l'un  de mes passe-temps préférés.

Dans la salle de jeux, à la maison, Lalou a accroché un tableau vert au mur, à hauteur de mes doigts, et j'y fais les leçons de calcul et de français à mes poupées Barbie et à mes toutous en peluche, assis sagement devant moi, jusqu'à la récré.

L'école St-Victor, c'est aussi ma vie! J'y vois mes amis; j'y découvre déjà mes premières amours; j'y apprends plein de nouvelles choses chaque jour.

Et mes institutrices sont si gentilles, si patientes, si souriantes. Chaque nuit, je rêve de l'école; tous les soirs, je prépare moi-même mon linge pour l'école; j'ai hâte à la fin des vacances estivales pour retrouver ce monde chaleureux et sécurisant qu'est ma classe.

Ça peut paraître étrange, mais c'est ainsi que je suis faite.

Mais, en ce vendredi fatidique* de septembre, à 10 h 22 exactement, mon univers s'est écroulé, lorsque Richard

Lalonde, la brute de ma classe, m'a bousculée et m'a crié à pleins poumons :

«Sandrine la sardine!   Sandrine la sardine!»

Soudain, mon coeur s'est arrêté! Genoux écorchés, j'ai levé les yeux pour ne voir que des sourires moqueurs autour de moi.   Même mes meilleures amies riaient; mes ennemies criaient de joie les mots dits, comme un écho :

«Sandrine la sardine!   Sandrine la sardine!»

Et je voulais disparaître, me fondre dans l'asphalte de la cour d'école et ne plus jamais revenir sur cette planète.

Puis, la cloche a sonné.

4
À la maison

Comment dire à papa que le prénom chéri qu'il a choisi pour moi bien avant ma naissance devenait, du jour au lendemain, la cause de mon désarroi?

Sandrine, ce nom si cher à mes oreilles, me fait maintenant haïr l'école.

Pourquoi Lalou ne m'a-t-il pas prénommée Krystel ou Danielle, Manon ou Véronique, comme les autres filles de ma classe, comme les autres filles de mon école, comme les autres filles de mon village?...

Mon coeur se serre de chagrin : je vois déjà l'étendue de la peine qu'éprouvera mon papa lorsque je lui raconterai tout.

Nous sommes donc montés dans l'auto accidentée de papa, moi reniflant et mon frère, toujours verbomoteur*, réduit à parler seul pour le moment. Lalou a mis l'auto en marche et a conduit en silence jusqu'à la maison.

Nous sommes entrés et, pendant que mon frère et moi regardions VRAK, le méchant canal, papa a préparé mon repas préféré : son pâté chinois succulent que je

noie de ketchup Heinz.

J'en ai oublié le chagrin que j'avais, du moins le temps d'un repas. Miam miam. C'est vrai qu'un bon plat peut réchauffer le coeur et panser les plaies.

5

La prière du soir

L'heure du coucher
arrive : je sais que je
pourrai enfin laisser
aller ma peine dans
les replis de mon oreiller

en serrant très fort contre moi mon ourson
favori, sans éveiller les soupçons de qui
que ce soit.

Lalou vient me border et fait la prière
du soir avec moi. Non, c'est faux, il ne la
fait pas vraiment avec moi; disons qu'il
récite plutôt le «Je vous salue Marie» en

latin, puis qu'il se moque de ma prière à moi, comme tous les soirs d'ailleurs...

Il faut dire qu'il a un peu raison de s'esclaffer* : j'ai tellement de personnes à mentionner, tellement à ne pas oublier, mes arrière-grands-parents disparus et que je n'ai jamais connus, mon grand-père Jean-Louis dont je m'ennuie, mon arrière-grand-mère Bériault qui vit toujours, grand-papa Jules, grand-maman Jeannine, mon papa, ma maman, mon frère, mon chien, mes chats, mes poissons, mes cousines et mes cousins, mes tantes et mes oncles, et toutes les personnes qui sont sur, sous et au-dessus de la Terre...

Oui, oui, c'est bien ici que Lalou se

moque habituellement de moi! Et c'est le moment où je fais mine de bouder et où il réplique avec une tempête de câlins. Mais ce soir, je ne joue pas et papa s'en rend compte. Il veut savoir ce qui me ronge les freins* et, devant mon hésitation à me confier, il me dit :

«Sandrine, ma choupette, si ton chagrin reste dans ton cœur, il va s'enraciner, t'étouffer et bloquer les joies qui voudraient entrer. Si tu partages ta peine, même si elle est grosse, nous serons deux à la porter et ce sera déjà moins lourd.»

Des larmes de crocodile glissent sur mes joues rubicondes*. Je veux révéler

mon secret à Lalou, mais je crains plus que tout de lui faire mal.

«Allez, choupette, tu sais que tu peux tout me dire! Que tu es ma fille préférée!...»

D'un geste, il arrête ma réplique qui tombait presque de mes lèvres et ajoute :

«Oui, oui, je sais, je n'ai qu'une fille; mais, quand bien même j'en avais des milliers, tu serais ma fille préférée. Je te le jure!»

Si cette déclaration ne suffisait pas, voilà le coup de grâce asséné sans avertissement: il se met à chanter la berceuse qu'il avait inventée pour moi quand j'étais bébé :

«Sandrine, jolie gamine!   Sandrine, belle coquine! Tu as...»

Les chutes Niagara ne couleront jamais autant que les larmes diluviennes* qui se déversent de mes yeux. Entre trois sanglots, je lui raconte tout : la bousculade, la chute sur l'asphalte, la rime si méchante, «Sandrine la sardine!», les rires, les moqueries, tout ceci à cause de mon prénom original...

Papa laisse l'orage passer, ne ménageant ni les mouchoirs Scotties ni les effleurements de la main sur ma joue. Puis, il me demande, curieux :

«As-tu inclus ce Richard dans ta prière du soir?»

Devant mon silence, il ajoute :

«Peut-être peux-tu glisser un petit mot pour lui. Je suis certain qu'il ne sait pas vraiment la peine qu'il t'a faite.»

-Mais papa! Je...

-Dors maintenant. Demain, nous trouverons bien une solution.

-Une solution à quoi?

-Dors. Bonne nuit, beaux rêves! Pas...

-... de poux, pas de punaises.

-Je t'aime.

-Moi aussi, papa.

Il se lève et me laisse seule avec mes toutous et mon cœur allégé, et il se dirige vers la chambre de mon frère pour lui dire bonne nuit.

Je suis certaine, connaissant mon père, qu'il raconte toute ma mésaventure à Alexandre. Il le fait si bien d'ailleurs que, quelques instants plus tard, lorsque papa monte l'escalier vers l'étage, mon frère entre dans ma chambre, me fait un gros câlin et s'en retourne sans un mot.

6

Mademoiselle Béatrice

Au réveil, papa me confie son plan, celui de rendre la monnaie de sa pièce* au petit Richard Lalonde. Pour ce, il faut obtenir  l'assentiment* de mon institutrice. C'est la seule faille au plan de mon père. Mais je le rassure en quelques mots : je suis la préférée de mademoiselle Béatrice et elle acceptera sans doute l'activité que nous lui proposerons de tenir. Papa me sourit : il parlera à ma maîtresse lundi prochain.

Mademoiselle Béatrice est une institutrice très organisée, très méticuleuse et très exigeante aussi; mais elle n'est pas rigide pour autant. Elle accepte facilement toutes les personnalités, tous les caractères, à condition que nous fassions le premier effort.

Elle sait sourire et même rire avec nous; elle sait aussi se montrer sérieuse et afficher des yeux sévères quand il le faut. Ce que j'apprécie surtout chez elle, c'est sa voix harmonieuse, enjouée, douce et persuasive. Et elle ne crie jamais!

Sa classe est comme une ruche où les abeilles ouvrières sont vite à la tâche pour cette reine gentille et sereine qui nous guide, nous conseille et nous apprend plein de choses.

Papa profite de son passage le lundi suivant pour lui demander un entretien de quelques minutes. Il lui explique d'abord la situation, résumant les péripéties de la semaine dernière dans la cour de récréation. Puis, il lui confie son idée, qu'elle accepte d'emblée, en ne posant qu'une seule condition : elle pourra intervenir à tout moment si elle juge le jeu trop cruel.

-Absolument, cela va de soi, lui répond mon père.

Content de sa rencontre, Lalou

remercie mademoiselle Béatrice et quitte l'école. Je l'attends déjà dans l'auto et il me raconte tout en conduisant vers la maison.

Mardi matin, la cloche sonne, nous prenons le rang et nous entrons en classe. Suivent dans l'ordre l'hymne national, la prière et les annonces de monsieur Roger, notre nouveau directeur.

Mademoiselle Béatrice corrige le devoir de mathématiques, fait lire quelques élèves et pose des questions sur le vocabulaire que nous avions à étudier, en prévision de la dictée de jeudi.

Elle ferme ses livres, en saisit deux nouveaux et les montre à la classe. Je

discerne le titre de l'un : Dictionnaire des rimes françaises. Voilà! C'est le moment! Le plan de Lalou est en marche!

L'institutrice prend la parole :

-Savez-vous ce que c'est qu'une rime?

Certains lancent un Ouiiiiii! assez enthousiaste, pendant que d'autres regardent le dessus de leur pupitre ou cherchent une excuse pour ne pas répondre. C'est Brigitte, qui lève la main à s'arracher l'épaule, l'heureuse élue. Mademoiselle lui cède la parole et Brigitte explique très bien que certains mots ont une dernière syllabe semblable, comme abeille et oreille ou encore comme couteau et marteau; c'est ce qu'on appelle la rime.

D'autres exemples fusent maintenant des quatre coins de la salle, certains assez loufoques, d'autres un peu tirés par les cheveux, et enfin quelques-uns d'un goût douteux. Mademoiselle lève le bras et le silence revient :

-Bon, bon. Je vois que la plupart d'entre vous comprenez le principe des rimes. Voici ce que je vous propose. Chacun et chacune de vous allez écrire un texte avec des rimes, un poème ou une chanson, un slogan ou une comptine, d'ici vendredi.

Des «Aaaah!» déçus se font entendre; des «Mais! On n'a jamais fait ça!» aussi. L'institutrice explique qu'elle ne s'attend pas à des chefs-d'œuvre littéraires dès le premier jet; elle met les deux dictionnaires de rimes à la disposition de la classe et elle aidera ceux et celles qui éprouvent plus de difficulté.

Lorsque le brouhaha s'amenuise, mademoiselle Béatrice révèle aux écoliers qu'ils liront leur texte devant la classe. Elle affichera aussi les meilleurs textes dans le corridor des éloges, où tout le monde passe. Nous commençons déjà à sentir l'emballement des élèves…

-Madame? Quel est le titre de notre texte?

-Jocelyne, cette fois-ci, puisqu'il y a plusieurs formes de textes, le sujet est libre.

-Hourra! lancent les vingt-six voix en chœur.

Puis, la cloche de la récré sonne et les élèves sortent, le cœur léger, pour aller vider leur trop-plein d'énergie à l'extérieur. Je regarde mademoiselle Béatrice qui me fait un clin d'œil à la dérobée*; déjà mon cœur bat la chamade*. J'espère que tout se déroulera bien.

7

Mon poème

Enfin, le Jour J arrive! La plupart des élèves sont enthousiates : est-ce parce qu'ils  présentent leurs rimettes ou parce que c'est vendredi? Poser la question, c'est y répondre, n'est-ce pas? Après tout, tout le monde ne peut aimer l'école autant que moi.

L'un après l'autre, chacun se présente devant la classe pour lire son poème, chanter sa chanson, interpréter son slogan ou réciter sa comptine. Je vois mon tour approcher et je me prépare fébrilement, car ma nervosité grandit : je ne peux prévoir la réaction de mes copains et copines et ça ne me rassure pas du tout. Je commence à me demander si l'idée de papa était vraiment bonne. Les paroles réconfortantes de Lalou avait fait leur effet ce matin, au petit déj; mais une éternité avait passé depuis.

Puis j'entends mademoiselle Béatrice m'appeler : c'est mon tour. Je prends une grande respiration, me lève avec mes feuillets et me dirige devant la classe.

-Mon poème s'intitule «Les surnoms».

J'entame tout de suite par ordre alphabétique de prénoms :

-Angèle! Tu te crois belle avec tes mèches rebelles.   Mince comme une chandelle, va faire les poubelles pour…

Déjà les élèves s'esclaffent, ne me laissant pas terminer mon boniment* sur Angèle.   J'enchaîne donc avec Catherine, la pas fine, qui fait souvent la crétine enfantine…   Un nouvel ouragan de rires vrombit* dans la salle.

Et Julie la chipie*, est-ce vrai, ce que l'on dit? Du pipi dans le lit?   Toutes les nuits?

Les yeux pleurent de rire, les gorges se déploient en cascades moqueuses.

Puis, c'est Léon, le poltron au califourchon un peu trop long... Maurice, la police, qui rapporte tout aux institutrices; panier percé à supplices, sauve-toi en coulisses!

À mesure que je défile les prénoms de mes amis, je me rends compte de deux choses : il y a de moins en moins de personnes qui rient; ceux qui le font toujours n'ont pas encore goûté à la guillotine de Sandrine. Je vois même des yeux rageurs, des yeux remplis de chagrin, des têtes enfouies dans les bras sur le pupitre.

Et je sens monter en moi un sentiment de honte mêlé à de la culpabilité. J'ai mal dans ma poitrine, parce que je

sens que je suis allée trop loin. Je me rends bien compte de la peine que je fais et je reste plantée là, les lèvres tremblantes, les yeux embuées. C'est le moment que choisit l'institutrice pour intervenir :

-Voyons, Sandrine! Tu ne vas pas t'arrêter ici, si près du but? Combien de noms te reste-t-il?

-Deux, madame. Richard Lalonde et le mien.

-Alors, vas-y, continue! m'encourage-t-elle, malgré les protestations de certains. Elle exige le silence et me fait signe de reprendre.

-Richard, mon petit canard! Tu es rouge comme un homard! Oui, c'est bien toi, le point de départ, de tout ce tintamarre! Richard, tu es vraiment ringard et combien vantard.

Personne ne rit.   Puis, j'entame le dernier nom, le mien, celui que mon père chéri a choisi bien avant que j'entre dans ce monde :

-Sandrine la sardine! Sandrine la sardine! Sandrine la sardine! Les deux pieds dans la même bottine!

Subitement, sans crier gare, les larmes se mettent à couler, ma voix s'enroue, mes mains tremblotent et mes jambes menacent de disparaître sous moi. Mademoiselle Béatrice en profite pour se lever et se diriger vers l'avant;   elle demande à tous et à toutes de la regarder. Elle me fait signe de reprendre mon siège, ce que je fais, la tête baissée, le cœur dans la gorge et les yeux sur mes souliers.

8
La leçon

Mon institutrice préférée interpelle chacun et chacune par son prénom, Angèle, Catherine, Rémi, Lucie, Jocelyn,  Richard et tous les autres; mais elle n'ajoute aucune rime, aucun surnom. Lorsqu'elle sait qu'elle a l'attention de tout un chacun, elle prend sa voix la plus suave, la plus gentille, et dit :

«Il ne faut pas trop en vouloir à

Sandrine; je crois bien qu'elle a autant de chagrin que vous tous, sinon davantage, de s'être moquée de vos prénoms.

«L'idée d'écrire un texte aussi moqueur n'est pas d'elle et j'ai accepté qu'elle le fasse parce que j'ai appris ce qui s'était produit vendredi dernier à la récréation.

«Je crois qu'il faut profiter de tous les moments de la vie pour en tirer une leçon, les mauvaises expériences comme les bonnes.

«Sandrine a appris que le prénom qu'elle adorait pouvait servir aux quolibets* et la faire souffrir énormément.

«Vous venez d'apprendre la même

chose aujourd'hui. Et vous avez appris bien plus encore : faire rire les autres a parfois un prix, les victimes de ces rires.

«Je sais que vous ne retiendrez pas tous cette leçon, parce que la mémoire est une faculté qui oublie; mais essayez tout de même de vous rappeler ceci :

«Le prénom que nous avons est un cadeau précieux qui nous vient de nos parents; ils y ont songé longtemps avant de le choisir et, s'ils avaient su qu'il deviendrait l'objet de farces et de moqueries, jamais ils ne vous auraient appelés ainsi…

«Alors, ce soir, n'oubliez pas de les remercier de vous avoir donné votre nom.

Demandez-leur pourquoi leur choix s'est arrêté sur le beau prénom que vous avez, parce que vous avez tous de beaux prénoms!»

Une main se lève au fond de la classe.

-Oui, Richard?

-Est-ce que ça veut dire qu'on ne peut plus faire de rimettes avec le nom de nos amis?

-Si elles sont gentilles, tes rimes, tu peux très bien en lancer quelques-unes.

La cloche de la fin des classes sonne. Et, dans un élan de joie, les élèves lancent :

«Hourra pour mademoiselle Béatrice! C'est la meilleure institutrice!»

Et moi? Je prends mon sac, mes

cahiers et je sors de la classe. À travers la fenêtre, je vois la silhouette rondouillarde de mon papa. Et je souris. J'aime vraiment l'école. Et j'adore mon prénom!

Épilogue

La berceuse de Lalou

Sandrine, jolie coquine,
Sandrine, belle gamine,
Tu as l'air très taquine
Et combien divine
Avec ta tétine!

Sandrine, comme tu es fine,
Sandrine, des confins de la Chine,
Aucune n'est plus féminine
Et combien divine
Avec ta belle mine!

PETIT LEXIQUE
(Un peu de vocabulaire)

Abasourdi : vraiment surpris, très étonné.

À la dérobée : en cachette; sans être vu.

Armurées : mot nouveau, portes dont les fenêtres sont renforcées de tiges de métal.

Assentiment : accord, approbation.

Avoir l'heur : réussir; parvenir.

Battre la chamade : battre très vite et très fort.

Baudelaire : Charles, poète français du XIXe siècle; il a écrit Les Fleurs du Mal en 1857.

Baume : onguent ou lotion que l'on pose sur une plaie pour en soulager la douleur; au sens figuré, tout peut devenir un baume si notre peine disparaît.

Boniment : petit discours, petit texte présenté devant un auditoire.

Chipie : fille méchante.

Dandy : personne qui s'habillait de façon très élégante au XIXe siècle.

Diluviennes : abondantes, fait référence au déluge biblique.

Fatidique : qui doit se produire, qui doit arriver, qui ne peut être évité.

Filmographie : ensemble des films dans lesquels joue une comédienne, une actrice.

Happé : être frappé ou heurté sans préméditation; au sens figuré, être surpris.

Quolibets : plaisanteries, moqueries.

Rendre la monnaie de sa pièce : remettre à quelqu'un ce qu'on lui doit.

Ronger son frein (ou ronger les freins) : être triste, avoir le cafard, être déprimé(e).

Rondouillarde : mot familier pour désigner une personne un peu grasse.

Rubicondes : très rouges.

S'esclaffer : éclater de rire bruyamment; pouffer de rire.

Verbomoteur : qui parle beaucoup.

Vigny : Alfred, poète français du XIXe siècle; il écrivit de la poésie romantique.

Vrombit : Verbe vrombir, produire un bourdonnement, un bruit assez grand.

L'intimidation : problème, sortes, solutions

On parle de plus en plus d'intimidation dans les écoles, que ce soit à l'élémentaire ou au secondaire. Des jeunes filles, de jeunes garçons sont malheureux et ne veulent plus aller à l'école à cause des brutes qui les violentent. Ça se passe dans l'autobus scolaire, dans la cour de récréation, dans les couloirs de l'école, dans les classes, à la cantine, dans les salles de toilettes, au téléphone, sur internet, en fait partout où la brute peut nous faire du mal.

Les autorités scolaires et communautaires disent qu'elles ne toléreront pas l'intimidation sous quelques formes que ce soient. Mais l'intimidation existe toujours et de nombreux jeunes en souffrent au point de commettre l'irréparable parfois.

SORTES

Il existe plusieurs sortes d'intimidation : il y a d'abord la violence verbale, les insultes, les rires, les moqueries, les plaisanteries, les cris et les commentaires désobligeants, entre autres; il y a aussi la violence physique, donner des coups, mordre ou griffer, pousser quelqu'un dans un mur ou dans une case ou par terre, tirer les cheveux ou pire encore exiger des faveurs sexuelles; il y a enfin la violence psychologique, les menaces, la discrimination due à la race, à la langue, à l'orientation sexuelle, aux habitudes sociales, à la situation familiale et sociale.

Évidemment, il ne faut pas oublier un phénomène nouveau : le taxage. En quoi consiste-t-il? La brute nous vole un objet, nous dépossède de notre argent, de notre goûter, de n'importe quelle pièce de vêtement. Elle peut aussi nous forcer à lui donner quelque chose (de l'argent, nos bijoux, nos accessoires, nos souliers) si on veut éviter les conséquences fâcheuses et la violence.

Et il y a maintenant les réseaux sociaux où la brute écrit ou fait paraître des choses désagréables à notre sujet. Il y a facebook, twitter, gaia, youtube et combien d'autres endroits. Les brutes mentent, inventent des histoires, nous ridiculisent ou même nous filment lorsqu'elles nous intimident, puis placent les images sur Internet. Elles portent atteinte à notre réputation et il est très difficile de réparer les torts qu'elles nous font.

SOLUTIONS

Que faire? Comment agir? Quelle solution trouver? Ce n'est pas facile, car l'intimidation est fondée sur la PEUR, sur la CRAINTE de se voir violenter, sur l'ANGOISSE de se faire faire mal. Et personne ne veut souffrir!

Pourtant, si je n'agis pas, je deviens une victime et je le serai tant et aussi longtemps qu'on n'arrêtera pas la brute qui me harcèle.

Voici quelques étapes à suivre :

1. Ne pas tomber dans le même manège que la brute qui m'intimide : ça ne ferait qu'augmenter le niveau de violence;

2. Dès que l'intimidation commence, il faut EN PARLER à quelqu'un en qui on a confiance et qui peut changer les choses : mes parents, la direction de

l'école, la conductrice d'autobus, mon enseignante préférée, les policiers;

3. Il ne faut pas avoir PEUR ou avoir HONTE de dire que quelqu'un nous fait souffrir, que nous ne savons pas comment nous en sortir;

4. Il ne faut pas avoir PEUR ou avoir HONTE de demander de l'AIDE, même si on pense que nos amis se moqueront de nous;

5. Il faut dire la vérité, toute la vérité : donner les détails, rapporter les faits, les paroles, les gestes, nommer toutes les personnes impliquées;

6. Aidé/e/s par nos proches, il nous faut changer notre routine et nous assurer d'être accompagné/e/s dans nos déplacements. Certains vont choisir de changer d'école lorsque c'est possible. D'autres vont s'assurer d'être en présence d'un adulte en tout temps.

D'autres vont changer de cours ou d'activités. D'autres se rendront à l'école par des moyens différents.

7. Une fois que les autorités connaissent la situation, il ne faut pas s'endormir et croire que tout est réglé. La BRUTE n'aime pas qu'on la dispute et qu'on la tienne responsable de ses actes; il est possible qu'elle tentera de revenir à la charge avec des menaces encore plus grandes, avec des paroles et des gestes encore plus intimidants, pour s'assurer de garder le pouvoir sur nous, de conserver ce contrôle qui lui est si cher.

8. Il faut réagir prestement : il faut retourner voir les autorités et dire que l'intimidation a recommencé. Il ne faut pas attendre. Il faut demander à nos parents d'insister pour que le problème se règle UNE FOIS POUR TOUTES!

Nous avons tous et toutes le DROIT de vivre dans un milieu de vie sécurisé, de fréquenter l'école sans être incommodé par qui que ce soit.

Il y a eu, il y a et il y aura toujours des BRUTES qui tenteront de nous influencer dans nos comportements, qui voudront nous rabaisser, nous faire souffrir, nous humilier et nous faire du tort.

Une seule personne peut mettre fin à l'intimidation : la victime qui en parle!

<u>Il faut dire haut et fort :</u>
NON au taxage!
NON à l'intimidation!
NON à la violence sous toutes ces formes!
NON à l'abus de pouvoir!
NON à la peur!
NON à la crainte!
NON à la souffrance!
NON à tout ce qui nous empêche de vivre une vie harmonieuse, joyeuse et légale.
Car l'intimidation est ILLÉGALE!

COLLECTION CHATONS (7 ans et plus)

Éric Girard. **Le perroquet du père Hoquet**, 2006, 64 pages.

Marc Scott. **Je déteste l'école!**, 2006, 64 pages.

Marc Scott. **Alexandre et Pharaon**, 2006, 64 pages.

Éric Girard. **Le loup-garou du lac Noir**, 2007, 64 pages.

Ben Xavier. **La bille magique**, 2008, 72 pages.

Marc Scott. **Le petit chapeau de Mô**, 2008, 88 pages.

Éric Girard. **Le lutin qui cherchait le père Noël**, 2008, 64 pages.

Caroline Cudia. **Parti pour la gloire**, 2008, 72 pages.

Marc Scott. **Le dauphin de Noémie**, 2009, 88 pages.

Ben Xavier. **Ariane, Mini et Courageux**, 2009, 126 pages.

Hélène Quesnel-Sicotte. **Le bac à surprises**, 2010, 80 pages.

Éric Girard. **Les dragons de mon père**, 2012, 88 pages.

COLLECTION DRAGONS (10 ans et plus)

Laurent Malek. **Le jour où l'halloween a failli ne pas avoir lieu...**, 2010, 122 pages.

Daphnée Dumouchel. **Une aventure hors de l'ordinaire!**, 2010, 96 pages

Collectif. **Les trois épreuves et autres contes fabuleux**, 2011, 98 pages.

Collectif. **La lettre mystérieuse et autres récits d'aventure**, 2011, 90 pages.

Collectif. **Au paradis de la fée des dents et autres récits fantastiques**, 2011, 96 pages.

Ben Xavier. **Princesse Karine** (à paraître en 2012).

COLLECTION VIPÈRES (15 ans et plus)

Sandrine Midopé Djengué. **Tsibilis**, 2009, 328 pages.

COLLECTION PATRIMOINE

Marc Scott, avec l'aide de France Viau et Catherine Gagné Côté. **Contes et Récits de l'Outaouais**, 2004 (2e éd.), 184 pages.

Marc Scott. **Contes et Récits de l'Outaouais, tome 2**, 2004, 176 pages.

Aurélien Dupuis. **Les aventures d'Amédée Bonenfant** (récit), 2004, 144 pages.

Alice Michaud-Latrémouille. **Déjà l'automne. Chroniques villageoises**, 2007, 112 pages.

Marc Scott. **Contes et Récits de l'Outaouais, Tome 3**, 2008, 208 pages.

Liliane L. Gratton. **Un pas, un sentier, une vie**, 2010, 318 pages.

Marc Scott. **Légendes autochtones**, 2011, 336 pages.

Mise en page ; Pierre Arvisais
(Gatineau) Québec, Canada

Imprimé à l'Imprimerie Gauvin
(Gatineau) Québec, Canada

ISBN 978-1-896185-11-8

MIXTE
Papier issu de
sources responsables
FSC® C100212